ÉGALITᴲ

Daniela y las chicas pirata
Colección Egalité

© del texto: Susanna Isern, 2019
© de las ilustraciones: Gómez, 2019
© de la edición: NubeOcho, 2019
www.nubeocho.com · info@nubeocho.com

Revisión: Daniela Morra

Primera edición: octubre 2019
ISBN: 978-84-17673-26-0
Depósito legal: M-19441-2019

Impreso en Portugal.

DANIELA
Y LAS CHICAS PIRATA

SUSANNA ISERN
& GÓMEZ

nubeOCHO

EN UN MAR MUY LEJANO navegaba el *Caimán Negro*, el barco pirata más temible de todos los tiempos.

Su capitana era DANIELA.

Un día, mientras surcaban los mares del sur,
apareció UN CUERVO volando con un mensaje en el pico.

ESTAMOS ATRAPADAS
EN UNA GRUTA.
ESCUCHA NUESTRO CANTO
PARA VENIR A RESCATARNOS.

LAS SIRENAS Y LOS TRITONES

Los piratas guardaron silencio y pudieron escuchar **EL CANTO DE LAS SIRENAS** a lo lejos. Lo siguieron y llegaron hasta una enorme **ROCA GRIS**.

Daniela y su tripulación SE LANZARON AL MAR sin dudarlo.

Nadaron y nadaron hasta llegar a la gruta de LAS SIRENAS Y LOS TRITONES.

Cuando salieron del agua encontraron a las sirenas y tritones CANTANDO TRANQUILAMENTE.

—¡Venimos a ayudar! —dijo Daniela.

—Muchas gracias, pero ya nos rescataron las PIRAÑAS INTRÉPIDAS.

Las sirenas y tritones les contaron que las
Pirañas Intrépidas eran unas chicas pirata INCREÍBLES.
¡Nunca habían visto piratas TAN VALIENTES!

—¡Tenemos que encontrar a las Pirañas Intrépidas! —dijo Daniela—.
Quiero ver **CON MIS PROPIOS OJOS** si de verdad son tan increíbles.

El *Caimán Negro* zarpó en busca de las Pirañas Intrépidas y se encontró con UN SUBMARINO.

—¿Pasó por aquí un barco de CHICAS PIRATA? —preguntó Daniela.

—Sí, estábamos en el fondo del mar, acorralados por PELIGROSOS TIBURONES y gracias a ellas logramos escapar.

El *Caimán Negro* siguió navegando hasta que se encontró con UNA GIGANTESCA BALLENA.

—Pareces muy contenta, ballena —saludó Daniela.

—Lo estoy. Llevaba varios días varada en la playa y nadie conseguía ayudarme a regresar al agua. Pero illegaron unas chicas pirata fantásticas y consiguieron RESCATARME!

Daniela y su tripulación siguieron navegando. De pronto, a lo lejos, divisaron LA ISLA VOLCÁN y un BARCO en la orilla.

—¡No puede ser! ¿Y si encuentran EL TESORO? —preguntó Daniela preocupada. Allí se escondía el tesoro que el *Caimán Negro* llevaba mucho tiempo buscando.

Cuando desembarcaron en la Isla Volcán, las Pirañas Intrépidas se habían marchado.

—¡Esas chicas son MARAVILLOSAS! Nos ayudaron a tapar el volcán para que la lava no llegase al pueblo —explicó un anciano—. En agradecimiento, les dijimos dónde estaba ESCONDIDO el tesoro.

—¡NOOO! —se lamentaron Daniela y su tripulación.

¡Daniela y los piratas del *Caimán Negro* no podían creerlo! Las Pirañas Intrépidas se estaban haciendo FAMOSAS y además estaban consiguiendo LOS MEJORES TESOROS.

—¡Tenemos que encontrarlas! ¡Rumbo al norte, mis piratas! —gritó Daniela.

A lo lejos vieron que se acercaba UNA PELIGROSA TORMENTA, pero si las Pirañas Intrépidas no tenían miedo, ellos tampoco lo tendrían.

El *Caimán Negro* se adentró en la tempestad y por fin divisó
el barco de las Pirañas Intrépidas.

En ese preciso instante, una OLA GIGANTE golpeó el barco
de las chicas pirata y todas cayeron al agua.

Sin dudarlo, el *Caimán Negro* se acercó para rescatarlas.

—Conozco a alguien que nos ayudará —dijo Daniela.

La capitana pirata comenzó a SILBAR hasta que, de pronto, LA BALLENA que habían conocido apareció en medio de las olas.

A pesar de la gran tormenta, Daniela y su tripulación saltaron sobre el lomo de la ballena y ayudaron a subir a las Pirañas Intrépidas.

Una a una, las RESCATARON A TODAS.

La ballena los llevó al CAIMÁN NEGRO, lejos de la tormenta.

A continuación empujó el barco de las chicas pirata, que había quedado DAÑADO.

—Mi nombre es ZOE, soy LA CAPITANA de las Pirañas Intrépidas.
Muchas gracias por salvarnos.

—Mientras arreglamos el barco, ¿quieres quedarte con tu tripulación en el
Caimán Negro? —preguntó Daniela.

—¿Podemos quedarnos? Nosotras pensábamos que NO TE GUSTÁBAMOS.

—Nos molestó que encontraras el tesoro, pero ¡eres genial! ¡Y tu tripulación también! —respondió Daniela.

—¡Dos capitanas y dos barcos pueden ser UNA BUENA ALIANZA! —dijo Zoe.

¡VIVAN LAS CAPITANAS!

Tras varias semanas, terminaron de reparar el barco de las chicas pirata. El *Caimán Negro* y las Pirañas Intrépidas navegaron juntos en aquel mar tan lejano.

Vivieron muchas
AVENTURAS INCREÍBLES.

Pero... ¿y el **TESORO DE ISLA VOLCÁN?**

Las Pirañas Intrépidas lo compartieron en señal de agradecimiento.
¡VIVAN LAS CHICAS PIRATA!

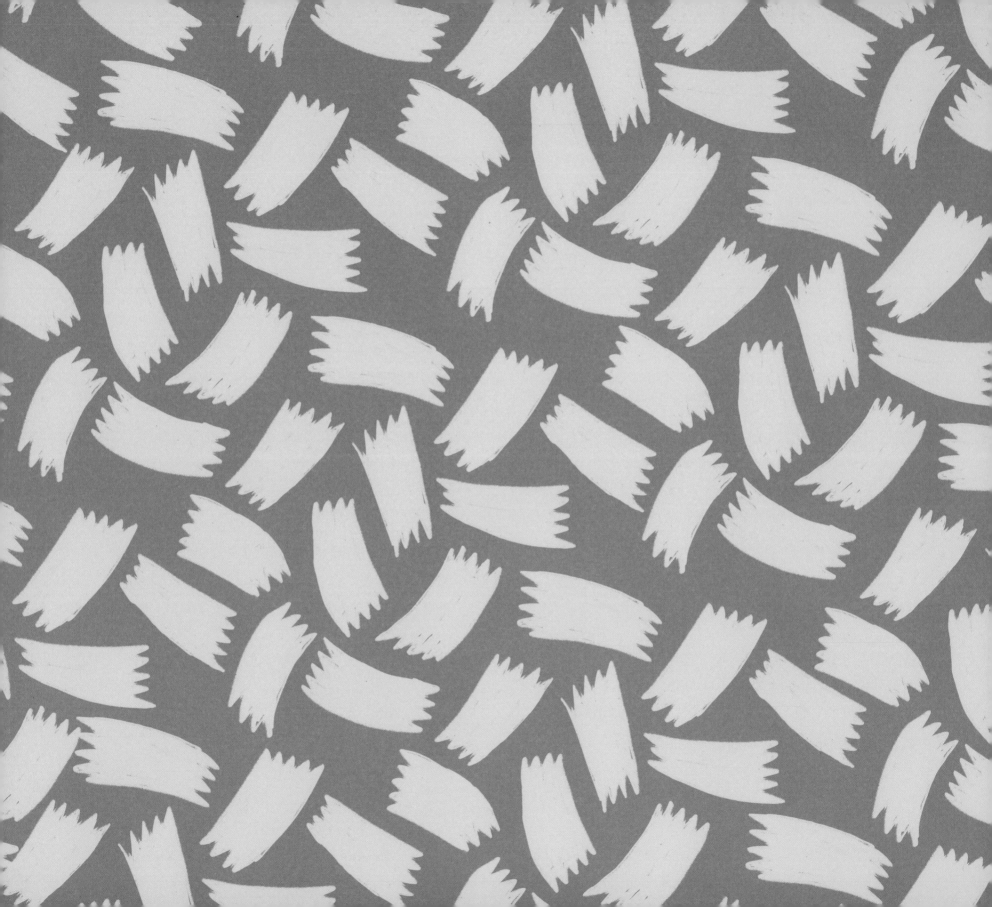